Fabien Prade est né en 1981. La journée, il écrit dans des magazines que personne ne lit. Le soir, il va dans des fêtes où tout le monde veut entrer. *Parce que tu me plais* est son premier roman.

Fabien Prade

PARCE QUE TU ME PLAIS

ROMAN

NiL

TEXTE INTÉGRAL

ISBN 978-2-7578-4069-6
(ISBN 978-2-84111-676-8, 1re publication)

C'était début mai.

Paris redevenait enfin un endroit agréable à vivre.

Les filles, qui s'étaient coffrées tout l'hiver sous leur couette pour regarder des saisons entières de *Girls* en streaming, ressortaient enfin dans les rues.

Par beau temps, j'aime me poser à une terrasse de café dans le Marais, et les regarder évoluer librement.

Ça peut paraître limite, mais objectivement, j'ai toujours perçu ça comme une sorte d'accord tacite.

Ok, les meufs.

Vous, vous sortez les petites robes et les sandales.

Nous on se met là, et on vous reluque.

On vous fait pas chier, vous non plus, tout va bien.

C'est donc ce que j'allais faire ce jour-là, accompagné de quelques amis aussi réceptifs que moi à l'arrivée des beaux jours.

La veille, je m'étais murgé la gueule.

En conduisant mon scooter, j'ai réalisé que j'étais

d'ailleurs encore légèrement bourré. Assis derrière moi, Carlos n'arrêtait pas de bouger, et cela m'exaspérait. J'avais soixante grammes d'herbe dans mon sac à dos, pas d'assurance, et même une fausse plaque d'immatriculation.

À chaque voiture de police croisée, je pouvais sentir mon cœur se soulever.

– Carlos, je me gare. On finit à pied. Ça me stresse trop, là.

– Mais quoi ? Pourquoi ?

– Je suis mort, je suis chargé, il y a des condés partout. C'est bon, on peut marcher un peu, non ?

– Allez.

Carlos n'était pas quelqu'un de contrariant. Il était même l'inverse de ça. Doté d'un intellect assez moyen mais d'un vrai sens de l'humour, il était le partenaire idéal pour s'adonner à une séance de glande de qualité.

En bon Mexicain, il pratiquait la misogynie la plus outrancière avec une vraie décontraction.

Carlos travaillait dans une agence de casting à Oberkampf.

Toute la journée, tous les jours, il castait donc des comédiennes et des mannequins, par centaines.

Il voyait ainsi défiler tout ce que Paris compte de culs, et s'en trouvait ravi.

Nous avons remonté sans nous presser la rue de Rivoli puis la rue de Turenne. Au croisement avec la rue de Bretagne, une voix de femme, éraillée, m'a interpellé.

– Hé, beau gosse, t'aurais pas une petite pièce ?

– Désolé, j'ai pas.
– Allez, fais pas ta pince !
– C'est bon, j'ai pas, je te dis.
– T'es un radin, toi !

J'ai regardé la marginale qui m'insultait. Elle était avachie sur le sol, une canette de 1664 à la main.

Quand j'observe un clodo, je me dis souvent que cette personne a dû être fraîche, un jour, avant de devenir une épave. Qu'elle a bien dû, à un moment de son existence où tout n'allait pas si mal, être bronzée, bien coiffée, pas trop mal sapée.

Mais là, non.

Carlos semblait d'accord avec moi.

– Putain, la gueule qu'elle a, celle-là…

Cette femme – si on pouvait encore la considérer comme telle – dégageait vraiment quelque chose de dérangeant. Une énorme et unique dreadlock violette pendait depuis le sommet de son crâne jusqu'au sol, et ses yeux fous exprimaient une vraie haine du bourgeois. Un bâtard gris et maigre lui léchait goulûment le visage, sans qu'elle semble s'en apercevoir. Elle m'a dit :

– Tu te la pètes, toi !

J'ai été pris d'une vraie envie de lui cracher à la gueule. C'était étrange. J'ai juste répondu :

– Pourquoi tu me parles, espèce de merde ? On se connaît ?

Et sans réfléchir, d'un coup de pied, j'ai fait voler le réceptacle à pièces disposé devant elle.

– HÉ JE T'EMMERDE, VOUS DEUX ! VOUS VOUS PRENEZ POUR QUI OU QUOI !

Carlos avait observé la scène avec une certaine

stupeur, tout comme les quelques passants présents. J'ai repensé à la weed dans mon sac, et j'ai considéré qu'il valait mieux éviter un scandale.

Je l'ai attrapé par le bras, et on a tracé notre route.

En remontant jusqu'au Carreau du Temple, il s'était mollement indigné.

– C'était quoi, ça ?

– Je sais pas trop. Pourquoi elle me saoule, aussi ?

– Mais elle est bourrée, tu vois pas ?

On a retrouvé nos amis en terrasse du Café Crème.

Comme prévu, et comme souhaité, le niveau des débats est resté assez bas. Ça aussi, on pouvait le percevoir comme un consensus implicite, mais propre aux mecs entre eux.

Au boulot comme en société, un homme passe son temps à essayer d'être smart, à ne pas dire trop de conneries, à ne pas passer pour un beauf misogyne. C'est épuisant.

Là, on était bisso na bisso, on pouvait se détendre un peu. Ce qui consistait généralement à se vanter de nos derniers exploits sexuels. Mais ces récits plus ou moins véridiques, bien que systématiquement romancés, n'étaient qu'une sorte de remplissage. Ils n'étaient pas écoutés avec plus d'attention qu'ils n'en méritaient, puisqu'ils ne servaient qu'à meubler les moments où aucune meuf ne passait devant nous.

Chacun d'entre nous avait une vie sexuelle à peu près correcte, débutée plusieurs années auparavant.

Pourtant nous étions toujours aussi fascinés par ce carnaval incessant.

Paris compte un nombre incalculable de meufs canon, c'est un fait.

Aucune ville au monde ne peut rivaliser.

J'étais en train de glisser un petit pochon au serveur du bar quand j'ai été frappé par la foudre.

C'est une image, pour dire que j'ai vu une fille.

Mais pas n'importe quelle fille.

Une déesse.

Elle était assise à la table à côté de la nôtre, avec ce qui semblait être une copine.

Et elle était sublime. Mais vraiment, sublime.

Elle avait les traits d'une finesse incroyable, et la nuque parfaitement fine.

Mais surtout, elle avait des yeux gris-vert improbables.

Des yeux comme jamais je n'en avais vu auparavant.

Je ne pouvais plus m'empêcher de la regarder.

J'étais possédé.

J'avais devant moi la perfection faite femme, l'idéal d'une vie.

J'ai essayé d'accrocher son regard pendant de longues minutes, mais n'obtins rien. J'ai fini par comprendre que c'était volontaire. On finit toujours par croiser le regard de quelqu'un qui vous fixe. Mais elle, non. Elle continuait à boire son Perrier avec sa copine, prenant clairement soin de ne pas établir le moindre *eye contact* avec moi.

– T'as kiffé, ou quoi ?

– Hein ?

– Tu l'as kiffée, celle-là ? Je vois ta gueule de con, là.

C'était Elias.

Il venait de nous raconter, la veille, comment il avait réussi la veille à doigter une meuf sur la piste du Baron. Alors que son mec était présent.

En l'écoutant, je m'étais demandé si c'était vrai, et en avais conclu que oui, c'était probablement vrai.

Elias était un animal, un chineur compulsif. Il ne vivait que pour serrer, s'éclater et ramasser du pognon. Ce qui était déjà pas mal.

Il était DJ, feuj, beau gosse, et partageait son temps entre trois destinations qu'il jugeait de prestige : Paris, Tel-Aviv, et Ibiza. Je le trouvais bien trop chal et assez mauvais DJ, mais je l'aimais beaucoup. Son énorme activité sexuelle m'inspirait un certain respect, et en même temps un peu de dégoût.

– Elias, sérieux. C'est pas un truc de malade, cette meuf ?

– Pas mal. Je préfère sa copine.

– Elle me fait triper. À mort. Elle me calcule pas du tout, là, par contre.

– Tu veux que j'aille les voir ?

– Non, non. Je vais y aller moi.

– Ah, ça c'est bon, ça.

Visiblement ravi, il a jugé utile de prévenir les autres que j'allais bosser un peu. Pour eux, le petit spectacle commençait, et c'était gratos.

Ou plus exactement, à mes frais.

J'ai pris ma respiration, j'ai enlevé ma casquette, et je me suis levé.

Je me suis posté en face des deux filles, et je me suis tout de suite senti assez con. J'avais tellement scotché sur ce visage d'exception que j'avais oublié de préparer quelque chose à dire.

– Euh, salut.

Pas de réponse.

Je pouvais entendre les ricanements des autres, et particulièrement celui de Carlos.

Putain mais tu vas fermer ta gueule, enculé ?

J'ai essayé de m'adresser directement à ma target.

De face, elle me plaisait encore plus, c'était dément.

– T'aurais du feu, s'il te plaît ?

Elle a enfin levé ses yeux gris-vert dans ma direction.

Ces yeux de ouf.

Je n'y ai lu que du mépris.

Je m'en suis quelque peu offusqué.

– Ça va… Je veux juste du feu.

– Pourquoi tu me parles, espèce de merde, on se connaît ?

J'ai entendu les autres éclater de rire. Celui de Carlos a résonné encore plus fort que les autres, on aurait dit le Géant Vert.

– Quoi ? Tu m'as dit quoi, là ?

– C'est pas ce que tu as dit à la fille, tout à l'heure ?

– Pardon ?

– À la fille qui te demandait de l'argent, devant le Progrès, c'est pas ce que tu lui as dit ? Avant de la frapper ?

– Mais… Je l'ai pas…

– On n'a pas de feu, désolée. On y va, Marion ?

En partant, la copine m'a quand même jeté une boîte d'allumettes, que je n'ai pas ramassée.

Je suis retourné m'asseoir, sonné. Je crois que les autres se foutaient de ma gueule, mais je ne les entendais pas vraiment.

Mais c'est quoi, ça ?

Les jours qui ont suivi, j'ai souvent pensé à cette fille. J'aurais bien voulu m'expliquer avec elle. Néanmoins, j'ai fait tout ce que j'ai l'habitude de faire.

Manger, dormir, rigoler, chier, fumer, sortir, jouer au basket, à la console, déconner. Sans pression, sans stress.

Je vivais comme ça depuis des années, plus ou moins insensible à la pression sociale. Je ne voulais pas bosser. Je voulais me marrer. Et je ne voulais pas culpabiliser pour ça.

Sur mon avant-bras, à l'âge où on se sent encore obligé de tout verbaliser, je m'étais fait tatouer cette phrase :

Life is a bitch and then you die, that's why we get high.

C'était tiré d'un morceau de Nas, et cela me semblait assez parlant.

Évidemment, j'avais déjà travaillé, et parfois même je travaillais encore. Une petite chronique dans un magazine de branchés, un DJ set dans le bar d'un pote, une figuration dans une pub, la revente sur e-bay de cadeaux-presse, un tournoi de poker, quelques paris en ligne… Financièrement, je m'en sortais aussi grâce au RSA, mais surtout grâce à l'herbe que je revendais à mes amis.

Je n'étais pas vraiment dealer, je dépannais.

Mais comme j'avais beaucoup d'amis, et qu'ils fumaient tous, ça finissait par être assez rentable.

Au final, mes revenus mensuels allaient chercher dans les deux mille euros.

Je n'avais pas vraiment de gros besoins.

Ça allait bien comme ça.

La ganja a toujours eu une importance considérable dans mon existence. Depuis mes 15 ans, j'ai eu quasiment en permanence un joint dans la bouche, et cela a pas mal modifié mon approche de la vie d'adulte.

En gros, à force de plus ou moins tirer mon épingle du jeu sans rien foutre, je comprenais de moins en moins ceux qui s'obstinaient à rester dans le circuit, alors qu'ils y échouaient.

Si ce n'était pas pour prendre de la grosse oseille et le confort qu'elle procure, à quoi bon ? À quoi bon se faire chier dans un boulot de merde, à bosser juste assez pour ne pas se faire engueuler, à attendre le week-end et les cinq semaines de congés comme un con ? Et quelle est la suite ? Rentrer chez soi le soir, retrouver son tromblon qui fait la gueule pour regarder *Les Experts* en VF ?

Heureusement, je connaissais de plus en plus de gens qui vivaient comme moi, à Paris.

Des oisifs, des chômeurs volontaires, des kiffeurs, des fainéants.

Des parasites ?

J'avais bien conscience que pour évoluer ainsi, sans souci du lendemain, il fallait avoir un certain recul. Il ne fallait pas avoir la dalle, tout simplement. Avoir grandi dans la misère ne permettait probablement pas un tel détachement. Avoir grandi dans l'opulence non plus d'ailleurs, car on sait bien que les riches ont une peur plus forte que tout, qui les pousse à travailler encore et encore, celle de ne plus être riches.

Moi, je suis issu de la classe moyenne. Mes parents étaient des gens cultivés, ouverts, presque humanistes. Des catholiques de gauche, qui aimaient bien Rocard et Badinter, adeptes d'une certaine forme de liberté de penser et d'agir. Toute ma jeunesse, ils m'ont foutu une paix royale. N'y ayant pas été confronté, je ne me suis jamais soumis à une quelconque autorité et, contrairement à ce que prédisaient certains, cela ne m'a pas spécialement brisé. Je me suis juste forgé ma propre vision du truc : si ce monde est incohérent et injuste, on peut certainement y trouver encore quelques moyens de se faire plaisir.

Je vivais avec mon amie Jeanne, dans un appartement situé à Arts et Métiers. Jeanne était cool. Elle était serveuse dans un restau rue Montorgueil et faisait de la danse. Elle aussi fumait beaucoup de joints, et s'accommodait donc bien de mes activités, qui lui garantissaient du matos à volonté.

Évidemment, on avait déjà baisé, ce qui avait permis d'évacuer toute tension sexuelle entre nous, et de développer une vraie et sincère amitié. Parfois, elle ramenait des mecs à l'appartement, mais pas si souvent. Elle adorait traîner avec moi et mes potes, et elle était la seule fille au monde à ne pas râler quand on allumait la PS3.

Un soir, on a organisé une légère fête à la maison.

Carlos avait touché dix grammes de MD par un comédien raté qui arrondissait ses fins de mois. Cela méritait bien que l'on se retrouve pour partager ça.

À minuit, une quarantaine de personnes étaient déjà là, à siffler des shots assaisonnés et à se rouler des pelles.

Un groupe de filles est arrivé. C'était des copines de Jeanne, des copines de la danse. Elles étaient quatre ou cinq, on ne les avait jamais vues avant.

Elles ont été accueillies très chaleureusement par tous les mecs en chien. J'ai mis « All Gold Everything » de Trinidad James à fond, et les gens ont commencé à danser autour de moi, les mains en l'air, comme dans un clip.

Tout le monde était raide, on était vendredi soir, les flics n'étaient pas encore venus nous faire chier, il y avait des meufs, des potos, de l'alcool et des drogues, la vie était magnifique.

C'est d'ailleurs à ce titre que j'ai attrapé une des nouvelles venues par la taille, et que je lui ai imposé de danser avec moi.

C'était une sorte d'Eurasienne, petite mais très bien foutue, et qui semblait bien peu farouche. Collé contre elle, je pouvais sentir ses seins, qui avaient l'air vraiment durs.

– Tu t'appelles comment ?

– Morgane.

– Ça va, Morgane, tu t'amuses ?

– Ça va… c'est chez toi ici ?

– Ouais. Bon, j'ai vraiment envie de t'embrasser, Morgane. Je crois que c'est important que tu le saches.

Elle a ricané, faussement gênée.

– Mais t'es un ouf, toi…

– Quoi ? T'es pas au courant ? Ah, Jeanne a dû oublier de t'en parler… En fait, toutes les filles qui viennent dans cet appart sont obligées de m'embrasser, au moins une fois. C'est comme ça, c'est la règle. Je sais, pour moi aussi, c'est relou.

Elle a souri.

– Ah c'est comme ça ? Et si je veux pas ?

– Je vais être obligé de te demander de partir. C'est cheum, mais c'est la loi. La loi du talion.

Le parachute de MD que je venais d'avaler me faisait un peu délirer, et je n'étais plus trop sûr de ce que je racontais.

Et pourtant ce baratin merdique a fonctionné. Elle a levé les yeux au ciel, elle a enlevé son chewing gum de sa bouche, et elle m'a embrassé. Sa langue était sucrée comme du miel, et en lui attrapant les fesses, j'ai commencé à bander presque instantanément.

Oui la vie était vraiment magnifique.

À deux heures, on était plus de cent dans l'appartement.

Des gens faisaient les cons partout, jusque sur le palier.

Elias, sorti de nulle part et très en sueur, m'a agrippé par les épaules.

– Ah, Théo, mon ami, mon frère. Je te paie une trace.

– Oui monsieur.

On s'est enfermé dans les chiottes, en grillant la queue sous les insultes.

– Dis donc, elle est bonne, la Chinetoque que t'as serrée, là.

– T'aimes bien ?

– Tu veux pas qu'on la baise à deux ?

– Pas spécialement, non.

– C'est con, parce que moi aussi, je suis en main, là. On aurait pu rigoler.

– Ah ouais, avec qui ?

Elias a tapé sa ligne, et a entamé une petite danse obscène.

– Marion… Marion… Qui est très défoncée. Et qui va prendre très cher.

– C'est qui ?

– Elle vient d'arriver, avec les autres. Mais tu la connais, en plus. Tu te rappelles, la connasse qui t'a affiché l'autre jour ? Au café ?

– C'est elle ? Elle est là ?

– Ha ha, calme-toi. Non, c'est sa copine.
– Mais arrête.
– Bah si. C'est petit, Paris, j'ai l'impression.

J'ai exigé de me faire guider jusqu'à cette Marion sur-le-champ. Et effectivement, elle semblait bien allumée. Allongée sur un lit, elle se tapait des fous rires avec Morgane l'Eurasienne, en se faisant passer une bouteille de vodka. À la vue de cette scène, Elias est devenu fou.

Il était en pleine montée, et cela décuplait encore son appétit sexuel.

Il s'est jeté sur elles en hurlant « Alleeeeez », et a commencé à les peloter comme un DSK en rut.

Je me serais bien jeté sur elles aussi, mais j'ai tiré Marion par le bras.

– Tu te souviens de moi ?
– Bah oui, c'est toi qui tabasses les clodos, c'est ça ?
– Mais ça va pas ou quoi ? Je l'ai pas tabassée, j'ai juste shooté dans son gobelet !
– Ah, ok. Je m'en fous, de toute façon.
– Ta copine. Ta copine de l'autre fois, elle est où ?
– Qui ça, Diane ?

Diane.

– Bah, je sais pas. Elle est chez elle, j'en sais rien moi.
– Tu veux pas lui dire de venir ?
– Ha ha, mais t'as rêvé, toi. Elle sort pas, Diane. En tout cas, pas dans des endroits comme ça.

– Donne-moi son numéro.

– Non. De toute façon, elle a un mec. En plus, elle aime pas les racailles.

Il me fallait ce numéro. Mais je ne pouvais pas contraindre cette conne à me le donner.

Réfléchis.

Marion était en robe. Son portable n'était donc pas sur elle.

Il était donc soit dans son sac, soit dans son manteau.

– Tu sais que c'est mon anniversaire, aujourd'hui ?

– Ah non je savais même pas ! C'est pour ça, la fête ?

– Et toi, c'est quand ?

– Le 8 mars, pourquoi ?

– Pour rien.

En fouillant un peu dans l'appart, j'ai rapidement déniché les affaires de Marion. On ne pouvait pas m'accuser de voler des trucs ou de faire les poches, j'étais chez moi. Et dans la poche d'un manteau Sandro bleu, j'ai trouvé son iPhone. Verrouillé, évidemment.

0803.

Ça avait marché. C'était le bon code.

Putain.

J'ai ouvert le répertoire, et j'y ai trouvé le numéro de Diane, que je me suis envoyé.

Merci, Dieu, de m'avoir fait si intelligent.

J'ai décidé de repasser en chambre. La Morgane, qui était décidément une vraie bridée débridée, me réclamait, me suppliant presque de venir sur le lit avec eux. Ces jeunes voulaient partouzer, c'était évident. Ce n'est pas si souvent que ce type d'opportunité se présente, dans la vie. Et même si je pensais à Diane, il ne fallait pas être con non plus. J'ai vérifié que j'avais une capote sur moi, j'ai viré deux ou trois personnes inutiles de la pièce, et j'ai fermé la porte à clef. J'ai enlevé mon T-shirt, j'ai bu une rasade de vodka, et je me suis enfin jeté sur le lit.

Et j'ai même crié « Alleeeeez », pour le kiff.

– Théo, lève-toi.

– Oui.

– Non mais sérieusement, là, lève-toi.

– Putain, je me lève, je t'ai dit. Il est quelle heure ?

– 17 h 30.

– Ah ouais, quand même.

– Voilà, oui. Lève-toi. Ma meuf arrive, elle va être dégoûtée si elle te voit ici.

– Ta meuf ? C'est moi qui vais être dégoûté en voyant sa sale tête de guenon…

Je me suis levé du canapé où j'étais resté immobile, en position fœtale, pendant presque douze heures. Je me suis étiré, j'ai enfilé mes Jordan et mon blouson, j'ai pris une clope dans un paquet qui traînait, j'ai tapé dans la main de Carlos, et je me suis engouffré dans l'escalier.

Qu'est ce que c'est que ces manières de virer les gens comme ça ? Fils de pute, va.

Arrivé dans la cour, j'ai croisé la guenon. Pas si guenon que ça, à vrai dire. Et même super mignonne. Ce crevard de Carlos se levait quand même du lourd, parfois. Cela m'a fait plaisir pour lui.

C'était déjà la fin d'après-midi. Dans environ quatre heures, il ferait nuit. Cet état de fait m'était assez pénible. En marchant, au radar, j'ai réalisé que je n'avais aucune idée de ce que j'avais fait la veille. Black-out total. Mais c'était ok. J'avais appris à ne pas paniquer, dans ces cas-là. Les souvenirs reviendraient. Et si ça ne revenait pas, tant pis. Ma priorité immédiate était de boire un café, et de trouver une prise pour charger mon téléphone. Le café pour renouer avec mon corps, le téléphone pour renouer avec le monde.

J'avais essayé de contacter Diane à plusieurs reprises, durant ces dernières semaines. Je lui avais laissé des messages vocaux, des textos, mais n'avais jamais obtenu de réponse.

Malgré moi, j'avais bien été obligé de décider qu'elle pouvait aller se faire foutre.

J'ai regardé autour de moi et je n'ai vu que des immeubles immenses, et sales. J'étais à Place des Fêtes.

Réfléchis. La Cagnotte.

La Cagnotte est un bistro situé en haut de la rue du Jourdain. On y croise beaucoup de gauchistes fauchés et sympas, toujours prêts à vous offrir une roulée ou à commenter *Le Parisien*. J'avais vécu deux ans au-dessus, et j'étais vite devenu pote avec quelques chiens sans collier du quartier. C'est d'ailleurs là que j'avais connu Carlos.

J'ai toujours trouvé ce coin et ses habitants un poil trop roots, mais je m'y suis plu quand même. C'est le genre d'endroit où, au final, on trouve toujours plus en galère que soi. C'est rassurant. À cette époque, cette semi-misère environnante me convenait bien. Je pouvais sortir de chez moi fringué comme une merde, m'acheter une clope et une feuille à l'unité chez l'épicier, taper un foot avec les petits du quartier. C'était plus détendu que l'hyper-centre, mais aussi beaucoup moins beau.

À peine avais-je pénétré dans le troquet que Samir, le patron, s'est écrié :

– DÉSOLÉ MAIS C'EST PAS UN BAR DES HOMOSEXUELS, ICI, MONSIEUR !

Tous les clients ont ri bien fort à ce trait d'humour blédard pourtant bien faible. C'était tellement nul, et ouvertement homophobe, que j'ai ri aussi.

J'ai serré la main à deux ou trois habitués, j'ai fait la bise à Samir, j'ai commandé un allongé, et j'ai branché mon téléphone.

Et j'ai constaté que le miracle s'était produit.

« Salut, c'est… Diane. Écoute, je voudrais bien qu'on se voie. J'ai un truc à te demander. »

Mon cœur s'est mis à battre.

Délicieuse sensation de panique que je n'avais pas éprouvée depuis des années.

Par SMS, je lui ai donné rendez-vous le soir même au Fumoir, rue du Louvre. C'est assez ringard, comme endroit, mais je tenais absolument à ce qu'elle ne me perçoive pas comme un ado attardé, alors j'ai pensé à ça.

J'avais mis ma chemise Surface II Air, un jean propre, et des bateaux, pas des baskets.

Quand je suis arrivé, elle était déjà là.

Elle était encore plus belle, plus pure, que dans mes souvenirs. Elle ressemblait à la meuf dans *Rencontre avec Joe Black*. C'était invraisemblable. C'était comme si elle avait été mise sur terre uniquement pour me rendre fou.

Marion m'avait dit qu'elle avait un mec, je m'étais plus ou moins fait une raison. Mais qui était donc l'énorme enculé qui tous les matins se réveillait à côté d'elle ? J'aurais bien voulu le savoir.

– Salut.

– Salut.

– Ça va ?

– Ça va, merci.

– Bon, avant toute chose, je veux m'expliquer. J'ai jamais tabassé un clochard de ma vie, et encore moins une clocharde. Je ne fais pas des trucs comme ça. J'ai juste shooté dans son gobelet, putain. J'ai un peu over-react. Ça arrive.

– Oui, oui, ça arrive.

– C'est quoi ton problème ? Ça te révolte, les gens méchants ?

– Je m'excuse. Ça ne me regardait pas. Moi aussi, j'ai dû un peu « over-react ».

Elle semblait avoir légèrement peur, à ce moment-là. Mais la façon dont elle avait prononcé « over-react » montrait qu'elle n'avait pas perdu toute ironie pour autant.

– Tu te fous de ma gueule parce que j'ai dit over-react ?

– Non.

– Bon. Je t'écoute.

– C'est un peu gênant. J'espère que tu ne vas pas t'énerver.

– Faut arrêter avec ça. Je m'énerve bien moins que la moyenne des gens, en général.

– D'accord. En fait, je cherche de… l'herbe. Tu sais, à fumer. C'est ma copine Marion qui m'a dit que, peut-être, tu savais où je pourrais…

– Quoi ?

– C'est pas pour moi, c'est pour mon amie Ashley ! Elle est américaine, elle est chez moi pour deux mois, et elle voudrait absolument…

– T'es sérieuse, là ?

– Non, mais c'est parce qu'elle est américaine, et comme moi je ne connais personne qui en vend, je me suis dit que…

– Bon vas-y, me raconte pas ta vie, parce que j'en ai rien à branler.

– Pardon ?

Je me suis levé, j'ai jeté vingt euros sur la table, et je suis parti.

J'étais fou.

C'était uniquement pour de la bédave qu'elle m'avait sollicité.

Quelle déception.
Quelle pute.

Et qu'est-ce que t'espérais, bouffon ?

Les trois jours qui ont suivi, je les ai assez mal vécus.
Je ne suis pas d'une nature trop gamberge, mais là j'étais clairement séché.
Je pensais encore à elle.
Pourquoi cette fille me faisait-elle un tel effet ? Je n'en avais rien à foutre d'elle. Je ne la connaissais même pas. C'était purement physique. Et même pas vraiment. J'étais si obnubilé par ses yeux que je n'avais même pas vérifié comment elle était gaulée. C'était juste ça. J'étais possédé par une paire d'yeux.

C'est super.

Et pourtant, je ressentais quelque chose qui s'apparentait bien à de la douleur. Ou plutôt, à du manque. J'avais envie de la revoir. Déjà.
C'était absurde.
Je ne l'avais croisée que deux fois dans ma vie, jamais plus de trente secondes, et à chaque fois, elle m'avait plus ou moins humilié.

J'ai essayé d'en parler à Jeanne, mais elle n'a pas semblé comprendre. Elle a cru que je déconnais.
Je n'avais jamais été un amoureux transi.
Je ne lui avais jamais pris la tête pour une meuf.

Pourquoi elle, pourquoi maintenant ?
Elle m'a juste dit : « Ça te passera, mec. »

Mais ça ne passait pas.

Alors, cinq jours après notre entrevue écourtée, j'ai composé à nouveau le numéro de Diane.

Elle a décroché, au bout de seulement deux sonneries.

Rien que ça, cette réactivité, m'a procuré une joie étrange.

C'est grave, mec.

– Allô, Théo ?

C'était la première fois qu'elle prononçait mon nom, avec sa voix un peu cassée. J'ai trop kiffé.

– Écoute, je suis désolée pour l'autre soir, je crois que je t'ai…

– C'est bon, c'est bon. Ta copine, elle cherche toujours un truc à méfu ?

– Quoi ?

– À fumer.

– Ah oui, pardon. Oui, oui. C'est même urgent, là.

– Pourquoi ?

– Parce qu'elle devient dépressive, si elle ne fume pas.

– Bon. Si tu veux, tu m'envoies ton adresse et je t'amène ça, ce soir.

– C'est vrai ? Trop bien. Merci, merci, Théo !

Je haïssais l'idée qu'elle me prenne pour un dealer. Je sentais bien que ce statut de délinquant ne m'ouvrirait aucune porte avec elle. On n'était pas dans une comédie musicale. J'avais d'ores et déjà décidé que je ne leur ferais rien payer. Mais que pouvais-je faire d'autre ?

Il fallait voir le bon côté des choses. Elle n'avait pas peur de moi, elle m'appelait par mon prénom, elle allait me recevoir chez elle… oui, les choses avançaient.

Dans une direction un peu chelou, certes, mais elles avançaient.

Diane m'a ouvert la porte en souriant.

Son appartement, situé dans le huitième, était assez somptueux pour quelqu'un de son âge. Pas de doute, on était bien chez les grands bourgeois. Elle m'a présenté Ashley, qui venait de Boston, et qu'elle avait rencontrée pendant son MBA à Harvard. Ashley était moche, et semblait le savoir. Vu la façon dont elle était habillée, elle donnait l'impression de n'en avoir plus rien à foutre. Elle voulait probablement rendre son existence de moche un peu moins pénible en s'enfumant la tête. Je comprenais parfaitement sa démarche.

Quand je lui ai donné la weed, elle s'est jetée dessus comme un enfant sur une sucette.

On s'est tous les trois installés au salon.

Diane nous a servi du thé, et elle a d'abord refusé de fumer.

Finalement, elle s'est laissé convaincre par Ashley de tirer une taf sur le joint, et ça l'a détendue. Alors elle a détaché ses cheveux.

Et cela a été une des visions les plus incroyables que j'aie jamais eues de ma vie.

C'est maintenant, mec. Maintenant.

– Diane, écoute. Je suis désolé pour l'autre fois. Au Fumoir.
– T'as encore over-react, c'est ça ?
– C'est ça. Mais c'est parce que je ne suis pas dealer. Tu te rends pas compte, de demander ça à quelqu'un que tu connais pas. C'est vexant, je te jure. Bon, il se trouve que t'avais vu juste, j'ai accès au produit. Mais quand même.
– Faut assumer, il n'y a pas de honte.
– Bon, la beuh, je te la file. Tiens, Ashley, c'est cadeau, vive la France.
– Pourquoi tu fais ça ?
– De quoi ?
– Bah ça. De venir jusqu'ici, et tout.
– Parce que tu me plais.

Elle a rougi.

J'ai furtivement regardé Ashley qui, malgré la barrière de la langue, semblait apprécier le spectacle. Elle s'était bien calée dans les coussins, un gigantesque bédo entre les doigts, et semblait impatiente de savoir ce qui allait se passer. Moi aussi.

Je me suis approché de Diane, et j'ai essayé de l'embrasser. Elle a tourné la tête. Mais je pourrais jurer qu'elle s'est laissé faire pendant une demi-seconde.

– Ça va pas, non ?
– Pardon.
Je me suis excusé pour la forme, mais je voyais bien qu'elle ne m'en voulait pas. Ashley devait se régaler.
– Je suis fiancée.
– Il paraît.
– Ça te prend souvent d'essayer d'embrasser les filles comme ça ?
– Ça peut m'arriver, oui. Parfois. Pardon. Tu veux que je m'en aille ?
– Oui.
– Et on va se revoir ?
– Si tu veux.
– C'est pas que je veux, c'est que je vais mourir si on se revoit pas.

Après avoir quitté les lieux, je suis resté un peu sur le palier, et j'ai collé mon oreille sur la porte de l'appartement. Je suis presque sûr d'avoir entendu Ashley demander :
– *Why are you smiling like this, Diane ? What did he say ?*

Diane avait tenu parole. Désormais, on se fréquentait.

Au moins une fois par semaine, et toujours tous les deux.

On faisait exactement ce que font tous les jeunes de sexes opposés qui se découvrent.

On se baladait, on se posait des questions sur nos vies, on riait, on se chambrait, nous adonnant à tous ces subtils petits jeux mentaux qui, assemblés, composent la phase de séduction.

J'en savais désormais un peu plus sur elle. Elle était la troisième fille d'un patron du Cac 40, et travaillait dans un fonds d'investissement boulevard Haussmann. Elle prétendait que ses sœurs étaient plus belles qu'elle, mais je n'en croyais pas un mot.

Elle avait rencontré son satané fiancé quelques années plus tôt, à HEC. Ils s'étaient mis ensemble sur le campus, et depuis, ne s'étaient plus quittés.

– Il est à Los Angeles. Il finit une mission de six mois dans un cabinet d'avocat. Il rentre le 3 septembre.

La façon dont elle avait dit « 3 septembre »… Elle attendait ce jour plus que tout au monde. Elle aurait pu ajouter l'heure exacte de l'arrivée à Roissy.

Passer du temps avec Diane était vite devenu mon activité préférée.

C'était comme un rêve.

Avec elle, c'était simple.

Sain.

Elle ne semblait pas avoir conscience de sa beauté. Elle n'en jouait pas, ne minaudait jamais. Elle était juste elle-même. La chose la plus parfaite du monde.

À un moment, j'ai commencé à flipper que Marion, la petite délurée que nous avions partouzée avec Elias, lui raconte ce qui s'était passé chez moi. Mais ça n'est jamais revenu sur le tapis. Un jour, je lui ai dit :

– Tu sais que ça peut être dangereux, de parler à un inconnu comme tu m'as parlé au Café Crème, l'autre fois ?

– Oui je sais. Mais ça m'a trop énervée.

– Et si j'avais été un malade, et que je t'avais mis une tarte dans la gueule ?

– Je sais.

– Bah alors, c'était quoi, le concept ?

– Le concept, c'est que quelqu'un qui est à la rue, aussi pénible soit-il, est forcément plus en souffrance que toi. Plus en détresse. Et donc c'est juste minable de le traiter comme si vous étiez à armes égales. C'est tout.

Je suis définitivement tombé amoureux de Diane.

Après quelques nuits à remettre en cause mon schéma existentiel, j'ai été obligé de me l'avouer.

J'étais complètement accroc.

Pourtant la banalité de cette histoire m'ulcérait.

Le coup de foudre au café. La meuf qui-te-rembarre-alors-ça-t'intrigue. Les magouilles pour la retrouver. La tentative de baiser. Son mec.

Tout ça était si cliché, si « écrit », si cinématographique, que j'avais du mal à croire que cela m'arrive à moi.

Et dans le rôle du boloss, en plus.

Parce que elle, elle ne m'aimait pas.

Je le sentais.

Ou plutôt, je sentais qu'elle aimait son fiancé plus que tout.

Dès qu'elle parlait de lui, ses fantastiques yeux gris-vert se mettaient à briller, m'arrachant toujours un bout de cœur au passage.

C'était mort-né.

Jamais elle n'avait le moindre comportement ambigu envers moi. Jamais elle ne me laissait le moindre espoir. Si elle me fréquentait, c'était uniquement parce qu'elle s'ennuyait. J'étais son putain de bouche-trou.

C'était si triste, comme histoire.

Il faut arrêter les frais. Vite.

À chaque fois que je la quittais, je me jurais que c'était la dernière fois qu'elle me voyait. Que c'était terminé.

Mais dès qu'elle me rappelait, je déboulais dans la demi-heure, comme un chien en demande d'une caresse. C'était pathétique.

Je n'allais pas passer tout mon été à attendre qu'elle m'appelle, à l'occase, quand elle se faisait vraiment trop chier avec Ashley…

Il fallait tenter quelque chose, une dernière fois.

Nous étions place des Vosges, allongés sur une pelouse. Autour de nous, les gens ne parlaient que danois, espagnol ou anglais. Cela nous donnait l'impression d'être seuls.

Mon téléphone a sonné, pour la quinzième fois d'affilée.

Mais je n'avais envie de parler à personne.

Diane a commencé à me taquiner.

– C'est quoi ce téléphone qui sonne tout le temps ? Et après tu dis que t'es pas dealer…

– C'est mes maîtresses qui me réclament.

– Elles veulent toutes ton corps ?

– Absolument.

– Pourquoi t'as pas de copine, Théo ?

– Quoi ?

– Pourquoi t'as pas d'amoureuse ?

– Je sais pas. Enfin, si je sais. C'est toi, mon amoureuse.

Elle a baissé la tête.

– Je suis fou de toi, Diane. Je te jure. J'en peux plus.

– Je sais.

– J'ai envie de t'embrasser.

– Moi aussi. Mais ça n'arrivera pas. On ne

s'embrassera jamais, on ne couchera jamais ensemble, et on ne sera jamais ensemble.

– Mais pourquoi ?

– Parce que j'aime Max. Et que je vais rester avec lui toute ma vie.

Je suis rentré chez moi, et j'ai pris une douche.

J'avais du mal à y croire moi-même, mais je chialais. Comme une merde.

Je pleurais de rage, de tristesse, et peut-être aussi de peur.

La peur que personne ne m'aime jamais comme Diane aimait Max.

Max. Mon malheur avait un nom, désormais. Max. Le mec qui avait volé ma vie. Le mec qui faisait l'amour à Diane aussi souvent qu'il le voulait, alors que je n'avais même pas réussi à en obtenir un baiser.

Max.

Comme était-ce possible, qu'elle l'aime autant ?

C'était qui, ce mec ? Un génie ? Un saint ? Un gourou, peut-être.

Bon. J'avais fait mon maximum, j'avais échoué, c'était comme ça.

Il ne fallait plus penser à Diane.

Plus jamais.

Life is a bitch and then you die, that's why we get high.

Et je savais exactement comment me mettre high.

En me barrant un mois en Thaïlande, avec mes potes.

À me faire masser, à me taper des putes, et à me bourrer la gueule.

Et qu'ils aillent tous se faire enculer.

Il y a des jours-clefs, dans la vie.

Il ne se passe rien pendant des semaines, on se fait chier, et puis ça tombe. Les choses arrivent. À peine le temps d'en analyser les conséquences, que cette journée banale s'est déjà transformée en « le jour où ».

Le must, c'est quand c'est doublé. Le combo. Deux trucs vraiment lourds, le même jour. Ça m'est déjà arrivé quelquefois, c'est spécial.

Par exemple, le soir où je me suis dépucelé, le PSG a été champion de France, et j'ai raté le match du titre. Ou encore, moins anecdotique, mon père est mort le jour où j'ai eu mon bac.

Joie et amertume se mêlent alors en un cocktail aigre-doux peu digeste, mais pas dénué d'intérêt.

C'est le combo.

Ce jour-là, j'ai fait un deux et demi : J'ai touché cinq plaques, j'ai quitté ma copine, et j'ai rencontré Max.

Je sais bien que plus grand monde ne dit « cinq plaques », surtout depuis le passage à l'euro, mais moi j'aime bien. Je trouve ça stylé, parce que justement, ce n'est pas très clair. Tu dis cinq briques, cinq plaques, cinq sacs, et en fait, personne ne sait vraiment à quoi ça correspond. Ça date des francs, ce mauvais jargon. Le plus absurde, c'est quand nos parents parlaient encore en anciens francs. « Elle vaut neuf millions, la nouvelle Peugeot ? Ah, j'hésite… »

Bref, j'ai reçu cinquante mille euros. Pas une somme si énorme que ça, dans l'absolu, mais que je n'avais jamais reçue pour autant.

J'ai dit que mon combo d'événements était un « deux et demi », et pas un « trois », parce que je savais que j'allais percevoir cette thune, ce jour-là. C'était prévu, alors c'est moins fort.

Mais quand même. Quand, au réveil, j'ai checké mon compte sur cic.fr, et que j'ai constaté que les cinq barres étaient bien là, à disposition, j'ai vraiment kiffé.

J'en ai même dansé de joie.

Cet argent était une sorte d'héritage.

De mon père, mais presque dix ans après sa mort.

L'embellie totale.

En fait, ce sont mon frère et ma sœur, qui « réussissent bien dans la vie », qui m'ont proposé de racheter mes parts de la maison de campagne familiale.

Maison nulle dans un bled chiant, où je n'allais presque jamais, et encore moins depuis son envahissement par des enfants sales et bruyants, à savoir mes nièces et neveux.

C'était donc un grand oui.

Ma sœur Agathe, avec qui je m'entends bien, avait l'air assez mal à l'aise en me proposant ce deal, mais moi, je ne l'étais pas. Gentille, elle insistait bien sur le fait que je pourrais quand même venir séjourner dans la bâtisse, dès que je le souhaiterais.

– Très bien, j'en prends note. Merci. Allez, par ici le bif.

– T'es con.

– Qu'est-ce que tu veux que je te dise ? J'ai besoin d'argent, je n'ai pas besoin d'aller dans cette maison, je suis content, c'est tout. Je ne vais pas te dire que ça m'arrache le cœur.

– Ok, c'est cool alors.

C'est ainsi qu'après deux petites visites chez un notaire très pinailleur, je fus gratifié de ce beau virement qui m'éloignait encore plus de la nécessité de gagner ma vie.

Non pas que cela m'obsédait jusque-là, mais désormais, ça me désintéresserait totalement.

Alors j'ai pensé à ma meuf. Ma nouvelle meuf. Julia.

Elle était déjà partie travailler. Et son absence me faisait un bien fou.

Je ne pouvais plus la supporter.

Après cinq mois d'une drôle d'histoire, très sexuelle au départ, très pénible à ce moment-là, nous avions vraisemblablement atteint le point de non-retour.

Julia, je l'ai rencontrée sous l'eau. En Thaïlande.

Je vais faire bref, parce que c'est assez honteux :

un jour, à l'île aux Singes à Phuket, après avoir sauté d'un speed boat collectif, avec masque et tuba pour voir les poissons comme il se doit dans ce type d'excursion très middle-class, j'ai sorti ma bite sous l'eau, pour faire rigoler Elias. Sauf que je me suis trompé : ce n'était pas Elias, mais elle, Julia, qui était en face de moi.

Quand je suis remonté à la surface, j'étais gêné.

Elle m'a dit :

– Sympa.

– Désolé, c'était pour faire marrer mon pote.

– T'as un drôle de sens de l'humour.

– Ouais bah c'est bon, ça va pas te brûler les yeux.

– Ah non, ça c'est sûr.

On est redescendus sous l'eau, elle m'a regardé, a souri, et a soulevé son maillot pour me montrer ses seins.

J'ai trouvé ça drôle, culotté, bon esprit. Vacances, quoi.

S'en sont suivis dix jours de baise qualitative en bungalow, avant qu'elle ne reparte pour Koh Samui avec sa cousine.

C'est le genre de petits épisodes qui font du bien, qui détendent, l'été.

Sauf que ça ne doit pas appeler à un lendemain, normalement.

Et même si la personne habite Paris.

Et pourtant, on s'est revus en septembre.

Et on ne s'est plus lâchés.

Julia était un peu folle, un peu déjantée, mais vraiment sympa.

Elle sortait du Celsa, et traînait dans les bars du canal Saint-Martin, ou Chez Jeannette. Elle avait probablement un léger problème d'alcool, mais rien de grave.

Sa principale plus-value était d'être ludique. Elle avait un humour incroyable, en plus d'être très suffisamment bonne. Ça peut paraître con, mais bien des mecs le diront : il est très rare de rire avec sa meuf. Kiffer, oui, bien sûr. Mais rire, c'est rare. Et moi, cette go me faisait vraiment rigoler.

Alors, au bout de trois mois, je me suis pris au jeu, et j'ai commis l'irréparable, guidé par je ne sais quelle force maléfique : je me suis installé chez elle.

Dans le douzième arrondissement.

Le douzième, c'est un vrai choix de vie. C'est le plus grand arrondissement de la capitale, parce qu'il comporte le bois de Vincennes. C'est un endroit curieux. Si on devait le comparer à quelque chose, ça serait à un quartier pas trop mal à Nancy, ou à Limoges. C'est assez propre, très familial, et complètement neutre. Ni populaire, ni bobo, ni bourge, ni rien. Dans le douzième, il n'y a pas d'endroits cool, pas de gens stylés, pas de cailleras, pas d'architecture, pas d'âme, pas d'emmerdes. Il y a juste des gens qui habitent là, c'est tout.

Jeanne, ma coloc, a pleuré quand je lui ai annoncé la nouvelle.

Ça m'a fait de la peine.

Certaines personnes ne sont pas faites pour vivre ensemble, mais ne le découvrent qu'en essayant. Ce fut notre cas, à Julia et moi.

Je ne sais pas trop ce qui a foiré, mais dès mes premiers jours dans cet espace maudit, c'est parti en couille. Il faut croire que ça arrive vite, et sans prévenir, l'ambiance de merde.

Pour des motifs futiles, ou pas, nous avons très rapidement entamé un processus de destruction de notre bien-être. Processus bien connu consistant, au quotidien si possible, à se faire la gueule, à se regarder de travers, à paranoïer, à se hurler dessus, bref plein de trucs badants que je n'imaginais pas que je ferais un jour avec elle, quand je lui faisais l'amour pour la première fois à Phuket.

Julia n'était pourtant pas quelqu'un de mauvais. Ça, je le savais. C'est juste que, peu à peu, à mon contact, elle se fanait. Elle s'éteignait. C'était totalement anxiogène et culpabilisant. Et une chose est sûre, on ne rigolait plus.

Évidemment, mon désir pour elle en a été très altéré. Depuis peu, on avait complètement arrêté de baiser. Peut-on faire l'amour à quelqu'un qui vous a aboyé dessus toute la journée parce que l'ampoule de l'halogène est pétée ou qu'il n'y a plus de capsules Nespresso ? Moi, je ne peux pas.

Je n'ai jamais entrepris d'arranger les choses entre elle et moi.

J'aurai pu me poser, essayer de trouver des solutions, aller acheter des capsules. Cela aurait été fair.

Mais non. S'installer avec elle avait été une erreur, voilà tout. J'avais été bien con, et j'entraînais cette meuf dans le trou avec moi. Aussi relou soit-elle, ce n'était pas juste. Il fallait partir.

En plus j'avais les cinquante mille euros, j'étais peinard.

Quand elle est rentrée à la maison, elle n'était pas bien jolie. Elle avait l'air excédée. En jetant son manteau, elle a fait une drôle de grimace et elle a crié :

« Putain, mais ça pue la beuh, t'es relou, merde ! »

L'agressivité avec laquelle elle déboulait dans cet espace me laissait toujours sans voix. Cette meuf était bien devenue un authentique cauchemar.

À cause de moi ?

J'ai murmuré quelque chose comme :

– Faut que je te parle.

– Quoi ?

– Je vais partir, là. Pour de bon.

– Ah ouais ? Tu vas voir Diane ?

– …

– Tu vas voir Diane ?

– De quoi tu me parles, là ?

– Tu te fous de ma gueule, Théo ? Tu dis son nom quand tu dors, tu griffonnes son nom quand tu téléphones, tu dis même son nom quand tu me baises, pauvre connard ! Ça fait des mois que ça dure ! Et tu me demandes de quoi je te parle ? Je sais pas qui c'est, cette meuf, mais vas-y, casse-toi, va la retrouver, casse-toi !

Putain de merde.

J'ai fermé les yeux.

À ce moment-là, j'ai eu la vision de Bertrand Cantat en train de péter la gueule de Marie Trintignant.

Pas bon, ça.

Alors j'ai pris mon téléphone, mon portefeuille, mes clefs de scooter, et je suis parti en courant.

J'ai décidé d'aller chez Elias.

En route vers son appartement de la rue Beaubourg, à fond sur mon scooter, je hurlais comme un dément. Je ne criais rien de particulier, juste des sons, des râles, comme un loup hurle à la lune. Et puis d'un coup, je me suis mis à rire comme un maboul, sans pouvoir m'arrêter.

Je pensais à l'argent, à la joie de ne plus voir la gueule de Julia, à Diane qui m'obsédait sans même que je m'en rende compte.

La puissance du combo me frappait de plein fouet, créant chez moi un déséquilibre mental des plus douloureux.

Et ce n'était pas terminé.

En m'ouvrant sa porte, Elias a eu l'air assez choqué par mon apparence.

– Elias. C'est la merde.

– Bonjour quand même.

– Ah oui, salut.

– Pourquoi tu sues comme ça ? T'as tapé ?

Il était en train de visionner du MMA, ce sport où des combattants pratiquent les arts martiaux mixtes enfermés dans une cage. Sa télé était gigantesque et, à l'intérieur, Anderson Silva, le champion brésilien, était en train de marteler le visage d'un Américain rougeaud à coups de poing.

– Aïe… comment il le défonce.

– Ouais, c'est chaud. Pourquoi il arrête pas, l'arbitre, là ?

– C'est des fous, ces mecs.

– Mec, je suis en bad total, là…

– Attends, attends.

Elias s'est emparé d'une boîte sur la table basse, et en a extirpé un épais sachet vert, gonflé comme un petit coussin. Il en a sorti une grosse tête de kush, qu'il m'a tendue.

– Ça, c'est de la frappe, ça, mon gars.

J'ai commencé à rouler. Sa weed était presque fluo, rarement vu une skunk aussi chimique de ma vie. Qu'est-ce que ce truc était fort, c'était prodigieux. Et comme par magie, une fois le joint entièrement consumé, je n'avais plus du tout envie de parler de mes problèmes.

Elias m'avait plié en deux temps-trois mouvements, cet enfoiré.

À renfort de THC, il m'avait coupé la chique, et c'était volontaire. Je le savais. Ça le faisait profondément chier d'entendre mes histoires, alors il m'avait assommé. De vraies méthodes de camé.

Résigné, j'ai attrapé une manette, et je lui ai intimé l'ordre de brancher FIFA 13, pour le punir.
– Je prends City.
– Je prends Paris.

Plus tard, une copine d'Elias est arrivée. C'était Carole, une petite rousse très conne aux seins énormes. Elias, qui la niquait souvent, était blasé de ses seins, et ne les remarquait même plus. Mais nous autres y étions toujours attentifs, car ils étaient vraiment spectaculaires.
– Carole, c'est quoi ces nibards de ouf ?
– Ah merci ! Elle est où ta meuf ?
– Je l'ai quittée.
– Ah ouais ? C'est con, elle était drôle.
Soudain mesquin, Elias s'est cru obligé de préciser que c'est parce que je pensais encore à Diane.
– Mais arrête de dire de la merde.
– C'est bon, avoue. Ça fait des mois que tu nous casses la tête avec elle. Je comprends pas, je te jure. Il faut que tu lâches, avec cette meuf. C'est bon, t'as pris un râteau, elle kiffe son keum, c'est comme ça, basta ! Ça arrive !
– Ça va, je sais.
– T'habites dans le douzième avec une déglingo qu'on a rencontrée en Thaïlande, putain !
– Je t'ai dit que je l'avais quittée.
Alors Carole a répété :
– Ah ouais ? C'est con, elle était drôle.
Je les ai remerciés, je leur ai souhaité une bonne baise, et je suis parti.

Malgré son manque de tact, Elias avait raison.

Il fallait avancer.

Il fallait, vraiment, absolument, arrêter de penser à Diane.

Comment cette fille avait-elle pu nuire à ma vie à ce point-là ?

C'était presque surnaturel. Par sa faute, par le simple fait qu'elle existe et qu'elle m'ait repoussé, je devenais un mec poussif. Je maudissais le jour où je lui avais parlé pour la première fois.

Sauf que, pendant que je me disais ça, mon cœur, lui, ne cessait de m'envoyer un autre signal, répétitif et obsédant.

Elle me manquait. À en crever.

La skunk d'Elias m'ayant affamé, j'ai appelé Carlos et Jeanne pour les inviter à dîner à La Poule au Pot, notre restaurant fétiche.

En temps normal, je n'aurais jamais annoncé à Carlos que son repas allait être pris en charge. Cela aurait été une grossière erreur face à un aussi grossier personnage. Sans vergogne, il aurait alors commandé de multiples entrées, plusieurs bouteilles de vin, et aurait mené son périple culinaire jusqu'à un digestif des plus onéreux. Dans une simple brasserie, quand ce n'est pas lui qui payait, ce mec pouvait faire monter l'addition jusqu'à des hauteurs vertigineuses, des records. C'était bizarre, cette pathologie. Dans la vie, Carlos était un mec plutôt correct, mais confronté à la gratuité, il devenait atroce. On aurait pu mettre ça sur le compte d'une enfance miséreuse dans les bas-fonds de Mexico, mais son père était diplomate et sa mère dentiste.

Ce soir-là, je me sentais d'humeur légèrement maso, et j'étais riche. Je souhaitais me régaler de son impolitesse, voir jusqu'où elle pouvait aller. La pousser à son paroxysme. Je l'ai donc invité à se lâcher, mais vraiment. Et ça a été l'orgie. Il a fallu plusieurs serveurs pour apporter tout ce qu'il avait commandé. Un porc mexicain en train de se bâfrer sans scrupules à mes frais, voilà un spectacle qui, étrangement, me réjouissait au plus haut point.

Jeanne s'alimentait de manière bien plus normale, et semblait vraiment contente que j'aie rompue avec Julia.

Et aussi que j'aie touché mes sous. Elle m'a proposé de revenir habiter avec elle à Arts et Métiers, et j'ai accepté.

À un moment, elle m'a dit :

– Théo, y'a un pédé qui arrête pas de te mater, à la table d'à côté.

– Mais quoi ?

– Je te jure, il te fixe depuis le début ! Il en peut plus, le mec.

Je me suis retourné et j'ai effectivement constaté qu'un mec me fixait. Mais il ne faisait pas très pédé.

Je lui ai fait un petit signe de la main, genre « Qu'est-ce qui t'arrive ? ». Et là, surprise, le pédé-pas pédé s'est levé, et s'est dirigé droit vers moi.

– Excuse-moi, tu ne serais pas Théo ?

– On se connaît ?
– Pas vraiment. Je suis Max, le fiancé de Diane.

Le combo.

– J'ai vu une photo de toi dans son téléphone. Et je t'ai reconnu.
– T'as l'œil, toi.
– C'est toi ?
– Bah oui, c'est moi.
– Ah, ok. Bonne soirée.
Il s'est excusé, et il est retourné s'asseoir.

J'ai cogité un moment.
Alors je me suis levé à mon tour, et je suis allé le voir.
– Ça te dit qu'on se parle, après ?
– C'est-à-dire ?
– Je sais pas, quand tu auras fini de dîner, on peut boire un verre ?
Il a hésité, il a regardé l'heure sur son portable, et il a fini par dire oui. Quand je suis revenu à notre table, Jeanne a dit :
– Putain, c'est comme dans un film, votre truc !
Et Carlos a demandé :
– T'es sûr qu'il est pas pédé ? Il est peut-être bi ?
Les amis de Max sont partis, les miens aussi, et on s'est retrouvés tous les deux.

Max était assez beau gosse. Pas incroyable, mais il avait une bonne gueule. Il faisait assez bourgeois, mais ce n'était pas gênant, pas rédhibitoire comme ça peut l'être chez certains. Il n'était pas un de ces mecs fond de chatte, avec la mèche calculée par la NASA et le pull sur les épaules, non.

Néanmoins il dégageait une sorte de prestance, d'élégance naturelle qui indiquaient de manière irréfutable que c'était un garçon bien né. Les gens riches, souvent, ont ça en eux. Ils peuvent s'habiller ou se coiffer n'importe comment, ils auront toujours l'air riches. C'est une énergie.

Il m'observait aussi.

J'espérais pour lui qu'il n'aurait pas la mauvaise idée de se la raconter, ou de me mettre un coup de pression. Irradié par le combo, j'étais bouillant. Un mot de travers, un haussement de ton, et je lui en collais une, voire plusieurs.

Mais il n'avait pas vraiment l'air dans cette disposition d'esprit. Il nous a commandé deux gin tonics.

– Je suis content de te rencontrer, Max.

– Ah oui ? Moi aussi, en fait.

– Pourtant, tu représentes un vrai obstacle à mon épanouissement personnel.

– J'ai cru comprendre ça.

– C'est la vie.

– Je sais que tu as tourné autour de Diane, pendant un moment.

– Ok.

– Et aussi qu'il ne s'est rien passé.

– Voilà.

– Diane, elle est unique. Je comprends très bien que tu aies craqué sur elle. Mais on est ce qu'on appelle un couple fusionnel, elle et moi. On ne peut pas se la faire à l'envers. Une semaine après mon retour, je savais déjà tout de votre petite idylle platonique.

– Ah.

– Mais ça va. C'est Diane. Je sais très bien qu'elle ne me trompera jamais.

– Tu dors bien la nuit, toi.

– Oui. J'ai de la chance, elle est très attachée aux valeurs de bien, de mal, tout ça.

– Je suis au courant.

Il y a eu un silence. Et puis il a dit :

– Il faut vraiment que je sois bourré, pour parler avec toi. Tu sais que je vais la demander en mariage, bientôt ?

Et là, j'ai un peu vrillé. Je crois qu'il l'a senti aussi, parce qu'il s'est crispé sur sa chaise. Je me suis levé, et j'ai dit :

– Je dois y aller. À plus.

En sortant, j'ai marché sur le boulevard Poissonnière.

J'étais seul et un peu saoul. J'avais ingéré, non sans mal, l'info du mariage, et c'était une autre donnée qui retenait désormais mon attention.

Diane lui avait parlé de moi.

La perspective qu'elle ne m'ait pas oublié, qu'elle puisse encore penser à moi, me transportait.

Mais quelle était cette farce ?

La seule fille qui ait éveillé quelque chose en moi, en vingt-sept ans d'existence, m'était inaccessible. Et pourtant, impossible de l'oublier. Ça ne servait même à rien d'essayer.

Le destin me l'interdisait.

Je tombais même sur son mec, comme ça, dans une ville de deux millions d'habitants, au hasard, normal.

La partie était jouée d'avance, il me l'avait confirmé avec une certaine arrogance.

Diane n'allait pas le quitter. Diane n'allait pas le tromper.

Avec moi ou un autre.

Au contraire, ils allaient même se marier.

C'est l'enfer.

Quand je me suis réveillé, Jeanne était déjà partie bosser, et l'appartement était vraiment très sale. Il est vrai que, jusqu'au matin, il était encore envahi par une équipe de semi-cas sociaux défoncés à la kéta ayant d'autres priorités que l'hygiène des lieux.

J'avais faim. J'avais très faim.

J'ai appelé une Philippine que je connais pour qu'elle vienne nettoyer avec sa sœur cet espace souillé, et je suis descendu manger du poulet au KFC du boulevard Sébastopol.

Mes Tenders avaient du mal à passer, même arrosés de Pepsi sans bulles.

J'étais revenu vivre chez Jeanne, comme prévu.

Et à part ma teub à l'occasion, je ne branlais vraiment plus rien.

Des potes passaient, on squattait, on fumait, c'était comme avant, avant que je n'aille vivre dans le triste douzième, mais en fait non. Avant, j'avais toujours un truc à faire après, un mauvais business sur le feu, une petite à gérer en sous-marin.

La vie, quoi.

Mais c'était fini tout ça.

J'ai réalisé que cette thune que j'avais reçue était ma croix, une sorte de malédiction.

N'en ayant plus l'utilité, j'avais arrêté de fourguer de l'herbe, au désespoir relatif de certains. Et j'étais en train de devenir un vrai chômeur. Je passais beaucoup de temps chez moi à errer en débardeur, à faire des pompes, à fumer joint sur joint, en écoutant très fort du rap français peu qualitatif. Parfois, je me traînais jusqu'au frigo pour en extraire un petit yaourt La Laitière à la vanille, que je mangeais presque uniquement pour le plaisir de fumer après. Je me surprenais aussi à regarder des matchs de Bundesliga en journée sur beINsport, ou à faire défiler des photos d'inconnus sur Facebook, pendant des plombes, sans savoir pourquoi.

À croire, constat très inquiétant pour l'avenir, que je n'étais juste pas fait pour avoir de l'argent devant moi. Si j'avais été avec Diane, je l'aurais couverte de cadeaux jusqu'à mon dernier euro. Mais bon.

Chose rare, j'ai appelé ma mère.

Quand je lui ai dit que j'avais vendu mes parts de la baraque, elle ne m'a pas engueulé. Elle m'a juste dit :

– Tu sais, je ne sais pas si on peut se séparer comme ça des liens avec son passé, Théo. Aussi rapidement, sans réfléchir.

– C'est eux qui m'ont proposé. Ils veulent faire des travaux.

– Je sais, mais j'espérais que tu prendrais ton temps pour accepter. Tu vas faire quoi avec l'argent ?

– J'en sais rien. J'ai acheté un iPhone 5, je me suis fait poser deux couronnes, et je sais déjà plus quoi foutre avec.

– Donne-le aux pauvres ?

– J'y pense.

– Et cette fille avec qui tu vis, Julie ? Ça se passe bien ?

– Julia.

– Ah oui.

– C'est terminé.

– Ah, tant mieux. Tu n'avais pas l'air bien. Où es-tu, là ?

– Je suis au KFC. Le fast-food qui te dégoûte.

– Tu ne devrais pas manger ces cochonneries.

– Je te laisse, maman.

Je suis allé me faire couper les cheveux passage Brady, chez les Pakistanais. Pour sept euros. J'ai réalisé avec un certain dépit que même ça, aller chez le coiffeur, je ne savais pas le faire comme un mec normal avec un pouvoir d'achat normal. Un mec qui irait au Jean-Louis David en bas de chez lui se faire escroquer vingt euros par une poufiasse, et qui serait content.

Au moment où je suis sorti du passage, vers Château d'Eau, quelqu'un m'a attrapé par le bras. C'était un renoi, en robe, avec une tête d'ancien. Il avait le blanc des yeux très jaune et un drôle de petit bonnet sur la tête.

J'ai enlevé mes écouteurs, et je lui ai dit :

– Vas-y, enlève ta main.

Il m'a pas lâché, mais il m'a souri. Il lui manquait quelques dents, mais d'autres étaient en or.

– Vous savez, monsieur, parfois on croit qu'on est au fond. Et puis on se rend compte qu'il y a encore plus profond que le fond.

– Ah ouais, c'est super. Merci.

– Qu'est-ce qui vous fait le plus mal ?

Il avait une tête un peu marrante, alors étrangement, j'ai passé outre le caractère bien trop intrusif de sa question. J'ai réfléchi, et j'ai dit :

– Elle va se marier.

– Il n'est pas heureux.

– Pardon ?

– Il est faible.

À ce moment-là, je me suis sérieusement demandé si ce vieux chnoque était réel, ou s'il était un mirage dû aux effets secondaires de la kétamine. Il m'a tendu un bout de papier qui le présentait comme l'éminent professeur Saka Touré. Selon la très complète notice explicative de ses pouvoirs de marabout, il était capable, entre autres, de faire « revenir l'être aimée comme une chienne en chaleur ».

J'ai essayé de me représenter Diane se comportant comme une chienne en chaleur. C'était pas mal.

– Ok, j'y penserai. Bonne journée, monsieur.

– Il ne faut plus penser. Il faut agir.

Il faut agir.
Tenter un truc.
Juste un truc.
Pour voir.

J'ai essayé de me rappeler du nom du cabinet où Max travaillait. Diane me l'avait dit, mais impossible de m'en souvenir. Un truc avec deux noms de famille à la suite. J'ai appelé mon frère, qui les connaît tous, et qui m'en a cité une trentaine. Dans le lot, il n'en avait qu'un seul que je croyais avoir déjà entendu. J'ai checké sur Internet, et Max y travaillait bien.

Diane m'avait aussi confié un jour que l'une des passions de son fiancé était le squash. Jouer au squash. Voilà bien une occupation de bourge, quand même.

Alors j'ai appelé à son cabinet.

Et je lui ai demandé s'il savait où je pouvais me livrer à cette activité. J'étais conscient du caractère très improbable de ma demande, mais je lui ai joué un petit air de flûte, auquel il a probablement fait semblant de croire.

– En fait, je joue dans le court-métrage d'un pote, et à un moment, on a une scène où on joue au squash. Je veux juste les bases, histoire d'être un minimum crédible, tu vois. J'ai pas l'intention de m'y mettre, c'est plutôt pour une initiation.

– Et tu veux que je te montre moi, c'est ça ?

– Pourquoi pas ? On pourra causer, comme ça.

Il a réfléchi un petit moment. Et il a accepté.

Voilà comment le samedi suivant, je suis allé jouer au squash avec le futur mari de la femme de ma vie, comme dans une comédie sentimentale au scénario peu crédible.

Et, à ma grande surprise, j'ai kiffé.

Le squash, déjà, j'avoue, c'est pas mal.

Et avec Max, ça a été… fructueux.

Se voir comme ça, dans le dos de Diane, était assez chelou. Pourtant, il n'y a pas vraiment eu de moment de gêne entre nous. On a très vite commencé à se poser des questions, et ça a fluidifié l'ambiance.

J'étais curieux de comprendre qui il était, et l'inverse semblait également vrai.

Il m'a expliqué qu'il débutait comme avocat d'affaires, qu'il était plus ou moins déjà blindé à la base, et qu'il bossait quinze heures par jour.

Il m'a aussi dit qu'il subissait une lourde pression familiale.

Et que Diane était la femme de sa vie.

Sans blague.

Au-delà de ce portrait assez boring sur le papier, il ne semblait pas du genre à vouvoyer les putes pour autant. Il avait l'air parfaitement enclin à parler de cul, à faire des vannes et à se marrer, comme n'importe quel dude. J'ai même été surpris, en réalité, par son côté assez déjanté.

Je l'avais toujours imaginé, pendant mes centaines d'heures de gamberge, comme un mec calme, courtois, pondéré, insupportable.

Pas du tout. Il était aussi cru et relâché qu'on pouvait décemment l'être face à un inconnu.

Quand je lui ai raconté, en gros, comment je vivais, ça l'a passionné au plus haut point. Il avait probablement imaginé se retrouver en face d'un branleur, mais pas d'un tel freako.

– Non mais Théo, attends. Je sais qu'il y a plein de mecs qui font n'importe quoi. Mais là, quand même, ça va loin…

– Pas trop le genre de Diane, quoi.

– Ha ha, pas vraiment, non.

– La pression, tu te la mets tout seul. En passant ta vie à essayer de faire kiffer tout le monde, ta meuf, ton patron, tes parents. Il faut qu'ils soient tous contents, rassurés, c'est ça le but ? Mais c'est relou !

– C'est vrai que c'est relou.

– La vie, c'est aussi fait pour se détendre.

– Pas faux.

– Bon moi, je me détends un peu trop, j'avoue.

– Et moi je crois que je ne sais même plus comment on se détend.

– Pour se mettre bien, il faut lâcher son pouvoir décisionnel, un peu. Il faut arrêter de faire des choix à un moment. Il faut se laisser porter. Tout ne doit pas, toujours, relever d'une décision. C'est ça qui fatigue.

– C'est-à-dire ?

– Bah, tu laisses les autres décider à ta place de la suite, tout simplement. Tu te laisses faire. Tu dis oui à tout ce qu'on te propose. Tu deviens un yes man. C'est là qu'il se passe des trucs drôles, et c'est là que tu te détends.

Il a eu l'air perplexe.

– Bon, alors ok.

– Quoi ?
– Vas-y, décide pour moi. Moi je t'ai donné un cours de squash. Alors toi tu me donnes un cours de détente, à ta façon. On y va.

Bingo.

– Ah ça se passe comme ça chez McDonald ?
– Pourquoi pas ? On pourra causer, comme ça.
– Mais il n'y a pas de problème. On est partis.

Et on est partis. Tous les deux, sur mon scooter comme deux soss, pour rejoindre Carlos dans un bar de la rue de Saintonge, la Candeleria.

Cet endroit assez minuscule, qui se veut intimiste, est réputé pour être truffé de meufs mignonnes. Mais objectivement, aucune n'était aussi bonne que les deux mannequins ukrainiens avec qui Carlos était attablé.

Quand il m'a vu rentrer dans le bar il s'est écrié, sans se départir de son élégance habituelle :

– Ah ! Voilà ! Enfin un mec blindé qui va nous mettre au beurre !
– Ça va ? C'est qui ?
– Des copines.
– Tu les sors d'où ?
– Du taf. Elles sont venues pour le casting Saint Laurent. On a sympathisé. T'aimes bien ?
– Euh, qui n'aimerait pas ? Tu te souviens de Max ?
– Oui. Non. Mais salut, Max. Bienvenue. Ça, c'est Olena. Et ça, c'est Lyudmyla.

On a commencé à se mettre une caisse tous les cinq, à grand renfort de cocktails aussi coûteux que sophistiqués. Quand Carlos a vu que j'avais la main lourde, il s'est encore lâché, ce salaud. Et les filles aussi. Max semblait parfaitement à l'aise. Alors on s'est enjaillés.

L'essentiel des conversations se résumait en allusions sexuelles à peine voilées à destination des filles, ce qui semblait leur convenir.

Les deux créatures – c'était vraiment le terme pour désigner ces deux ovnis de 20 ans à tête de chat – semblaient assez décomplexées quant aux choses du sexe. En même temps, rien de très étonnant à ça. C'est le propre des mannequins : elles sont belles et elles savent qu'elles sont belles. On les paie pour ça. C'est leur chance, parfois leur fardeau, mais elles ne sauraient ignorer l'effet qu'elles font aux hommes.

Ces deux michetons en avaient bien conscience, en tout cas.

À un moment, Max a fait une blague.

Il a fait croire à une des filles que, si elle tirait la langue et qu'elle faisait comme si elle se renversait une salière dessus, elle pourrait sentir le goût du sel. Quand cette conne l'a fait, Max a pris une photo, et le rire gras de Carlos a résonné dans tout le bar.

Ils se sont bien trouvés, ces cons.

Et puis ce qui devait arriver arriva : le Mexicain a sorti un gramme de sa poche, et il a proposé une session aux chiottes.

Les yeux des filles se sont mis à briller.

J'ai tout de suite pensé que là, ça allait peut-être trop loin pour Max.

Mais il m'a regardé, et il m'a glissé :

– Bon, ça par contre, il faudra pas trop en parler…

J'ai souri.

– T'inquiète. On va parler de rien du tout.

Ils sont partis s'enfermer aux toilettes, et moi je suis resté à table.

Cinq minutes plus tard, je les ai vus revenir, morts de rire. Max avait les pupilles très dilatées, mais il semblait en pleine forme. On a encore traîné un moment. Une des Ukrainiennes avait enroulé une de ses très longues jambes par-dessus les siennes, et lui murmurait des trucs à l'oreille. Quand elles sont sorties fumer une clope, il m'a dit :

– Théo, je crois qu'il faut qu'on y aille, là, sinon je vais faire une connerie avec la grande.

– Ok, on y va. Prends ton blouson.

– On leur dit pas au revoir ?

– On en a rien à battre, viens.

J'ai filé deux cents euros à Carlos pour qu'il paye la note et qu'il me laisse le reste de la coke, et on a filé. Max était bien fly. Il s'est mis à chanter « Tu es la seule qui m'aille », de Menelik, sur le scooter.

Mais c'est un génie, ce mec.

Il y avait cette soirée, vers Ledru-Rollin. L'événement, organisé dans une ancienne église, tournait autour de la présence de DJ Jazzy Jeff, exhumé des

90's pour la joie de quelques hipsters à tendance low-tech. Quand on est rentrés dans la salle, Max a regardé les platines, et il a gueulé :

– C'est Jazz, du *Prince de Bel-Air* !

– Tu connais tes classiques, c'est bien !

– Mais c'est bon, ça !

On a retrouvé des potes à moi. Max a insisté pour payer sa tournée, et puis j'ai payé la mienne. Et on a commencé à se faire des clefs, plus ou moins discrètement. Il y avait aussi probablement un verre de MD qui tournait. Alors on a commencé à partir un peu en live.

Surtout lui.

Il s'est mis à danser avec une greluche, d'un peu trop près. Son mec, un rebeu teint en blond, était parti lui chercher un verre. Et quand il est revenu, il n'a pas adoré.

Heureusement, ça n'a pas dégénéré. Mais en regardant l'incident de loin, j'ai constaté que Max n'avait pas fait sa fiotte, face au gars. Il avait géré, en bonhomme. Il est revenu vers moi en souriant.

– Faut que tu me ramènes, mec.

– Déjà ?

– Ouais, je suis raide. Putain, j'ai même pas prévenu Diane que je ne rentrais pas. Je vais me faire déchirer.

Mais j'y compte bien.

J'étais moi aussi bien giflé. Alors sur le retour, j'ai conduit n'importe comment. Et en deux minutes, on s'est retrouvés avec les flics derrière nous, sirène à fond. J'allais m'arrêter, mais une petite voix m'a dit de ne pas le faire. Max a commencé à paniquer.

– Ils veulent qu'on s'arrête, là !

– C'est mort. Je me fais pas douze heures de dégrisement. En plus j'ai le képa sur moi. Je m'arrête pas.

– Laisse-moi descendre.

– Pas moyen. Accroche-toi, sérieux.

Et j'ai foncé. J'ai bombardé. Un 125 débridé, à fond dans Paris la nuit, ce n'est pas facile à suivre. Surtout si son conducteur prend tous les risques. Sens interdits, trottoirs, demi-tours, je leur ai fait la totale. Avec ma fausse plaque je n'en avais rien à branler, mon seul souci était que Max ne tombe pas. On a fini par les semer juste avant la Concorde.

Quand on est arrivés en bas de chez lui, il ne ressemblait plus à rien.

Mais il avait l'air content.

On s'est salués, et je l'ai regardé s'engouffrer dans le hall. Quand la porte cochère s'est refermée, j'ai levé les yeux vers la fenêtre. Et je suis presque sûr d'avoir vu une silhouette disparaître dans la pénombre. C'était assez flippant comme vision.

J'ai pris mon téléphone.

– Carlos ? T'es où ?

– Devant le Silencio, avec les deux. Viens, putain !

Les jours suivants, je n'ai plus eu de nouvelles de Max.

Qu'avait-il dit à Diane ? Nous avait-elle vus sur le scooter, en train de nous checker comme deux vieux potes de bringue éméchés ?

J'aimerais pas être à ta place, mon pote.
Enfin si, mais pas là.

Un soir, on glandait à la maison avec Carlos, Elias, Jeanne et Omar, le nouveau mec de Jeanne. On a eu envie de jouer au poker. On était cinq. Ça faisait un peu juste pour un tournoi. En réfléchissant au fish idéal, j'ai immédiatement pensé à Max. Les autres n'y ont pas vu d'objection.

Je l'ai appelé, mais il n'a pas décroché. Je lui ai envoyé un texto :

« Ça va, tu fais quoi ? Tu veux pas jouer aux cartes ? »

J'étais presque certain qu'il avait mieux à faire, ne serait-ce que de rester posé avec Diane. Ce que j'aurais moi-même préféré faire, d'ailleurs.

Mais cinq minutes plus tard, j'ai reçu :
« Why not. Adresse ? »

Le tournoi s'est bien passé. J'ai gagné.

Au fil de la partie, Max s'est fendu d'un petit mot pour chacun.

D'abord, il a fait des compliments à Jeanne sur la déco de l'appart, ce qui était bien vu. Un œil avisé remarquait en effet que c'était typiquement le type de déco de quelqu'un qui se targue d'avoir des compétences en la matière. Ensuite, il a demandé à Carlos s'il avait levé une des Ukrainiennes. La réponse étant oui, et Carlos adorant se vanter de ses exploits, c'était pas mal. On se serait volontiers passé des détails sur le goût de sa chatte et sur le fait qu'il ait éclaté sa capote en essayant de la sodomiser, mais bon. Et enfin, clou du spectacle, Max a commencé à parler hébreu à Elias. Il avait repéré – comment ne pas la voir – la maguen qui brillait sur sa poitrine. Excessivement touché, comme à chaque fois qu'il découvrait que quelqu'un était juif, ce gros chal d'Elias s'est même levé pour lui faire un bisou. J'ai empoché la coquette somme de cent soixante euros. Jeanne et Omar sont partis se coucher, et Elias et Carlos ont commencé une partie de 2K13. Je suis resté à table avec Max.

– Alors ?

– Ça va ?

– J'ai pas pu bouger les bras pendant trois jours à cause du squash.

– Bah moi j'ai ramassé pendant toute la semaine, à cause de tout ce qu'on a pris.

– C'était prévisible.
– Je peux te poser une question ? Pourquoi tu m'as invité ici ? Ce soir ?
– Pourquoi t'es venu ?

Il s'est levé, et est allé s'asseoir en riant à côté d'Elias, qui l'a pris sous son bras et qui a commencé à lui chanter une chanson.
– *Yerushalayim shel zahav…*
Je me suis posé avec eux, j'ai rallumé un joint de shit, et j'ai dit :
– Je prends la gagne.
Et après, on est sortis.

La fashion week venait de commencer à Paris, et avec elle, son lot d'événements open-bar où tout le monde se la raconte mais où personne ne sait vraiment ce qu'il fait là. On a donc cruisé entre quelques fêtes plus ou moins réussies mais toujours onéreuses pour leurs organisateurs, et on s'est marrés.

Trois jours après, on est encore sortis. Toujours avec Max. L'anniversaire d'un pote dans une maison à Vincennes, et puis Elias qui passait du son au Montana. Et puis une petite after chez moi.
La semaine d'après, on est sortis aussi.
Et le week-end d'après aussi.

Et ça a duré comme ça pendant des semaines, à un rythme très ludique et très élevé, toujours avec Max.

Ça me coûtait un bras en alcool, en taxis, en restos et en produits, mais je n'en avais rien à battre, j'étais refait.

Et Max, fidèle à mes conseils initiaux, se laissait complètement aller.

Il disait oui, à tout.

Un vrai yes man.

Au bout d'un moment, il s'est mis à venir traîner à la maison aussi, plusieurs fois par semaine, en sortant du boulot.

Juste pour se faire une partie de console, fumer un joint, chiller un peu avant de rentrer chez lui. Il avait vraiment l'air d'aimer ça. Quand il arrivait, tout le monde était généralement déjà stone, et personne ne le faisait chier. Alors il se posait dans le canapé, et se détendait. Il s'adaptait bien. Il ne me cassait jamais les couilles, et les autres semblaient l'apprécier. Il possédait cette qualité rare de savoir quand fermer sa gueule et quand l'ouvrir. Il savait doser. Il n'en faisait pas des caisses pour se faire accepter, il était juste cool.

C'était étrange, mais ce mec me plaisait bien. Sa compagnie, plus exactement. À ses côtés, à faire n'importe quoi avec lui, à enfin dépenser mon fric, je retrouvais même goût à la vie.

Le seul problème, c'est que mes efforts pour le débaucher restaient vains. Car il y avait un truc qu'il ne faisait jamais, c'était tromper Diane. Même rouler une pelle, pour rigoler, il ne le faisait pas. Il chinait des meufs pour le délire, se laissait draguer, mais ne franchissait jamais la ligne.

Un soir, il m'a dit :

– Ça y est. J'ai dit à Diane qu'on se voyait.

– Alors elle a dit quoi ?

– Ça s'est mal passé. Très mal passé.

– Et donc ?

Dis-moi que vous n'allez pas vous marier. Dis-le-moi.

– Je crois qu'elle va t'appeler.

– Ah. Et je lui dis quoi ?

– La vérité.

– Et c'est quoi la vérité ?

– Bah, je sais pas trop. Qu'on s'entend bien ?

Je n'ai pas réussi à attendre que Diane m'appelle. C'était trop dur.

Alors qu'il neigeait, je suis allé me poster boulevard Haussmann et je l'ai appelée en numéro masqué, comme une sorte de cinglé.

– Diane ? C'est Théo.

– …

– Diane ? Tu m'entends ? C'est Théo.

– Théo ?

– Bah, c'est bon, remets-toi. C'est pas Obama, hein, c'est Théo.

– Je peux pas trop te parler, là.

– Je suis en bas de ton bureau. Tu peux descendre ?

– Quoi ?

– Une autre fois, sinon.

– Non, non, j'arrive.

Elle est arrivée.

Elle portait un manteau d'hiver, un bonnet, et une tresse tombait sur son épaule. Évidemment, elle était adorable.

Plus qu'adorable, angélique. Parfaite.

Quand je l'ai vue sortir, mon cœur s'est noué, j'en aurais fait la danse de Steve Urkel tellement j'étais ému de la voir.

Du calme.

J'ai dû me retenir pour ne pas la serrer dans mes bras comme un malade.

Au lieu de ça, je me suis forcé à lui faire la bise le plus naturellement possible.

– T'es jolie.

– Merci. Toi aussi, t'es beau. Ça te va bien, la barbe.

Elle a pris mon bras parce que ça glissait par terre, et on a marché jusqu'au café. Je ne m'étais pas senti dans un état de plénitude pareil depuis des mois.

On s'est assis et je l'ai regardée un moment, sans parler.

Mais quelle bombe, putain.
J'avais oublié.

Elle m'a dit :

– Tu as trouvé une amoureuse, Théo ?

Je ne sais pas pourquoi, mais j'ai dit oui. C'est sorti tout seul.

J'avais peut-être, inconsciemment, espéré lire de la déception sur son visage, mais non, rien. Elle m'a juste demandé :

– Comment elle s'appelle ?

– Julia. Je vis avec elle dans le douzième.

– Ah, c'est super.

– Tu trouves ?

– Je ne sais pas.

– Je te manque, Diane ?

– Oui. Enfin, non. Enfin, ça va, quoi, je survis.

Elle a commencé à tripoter son pendentif.

– En tout cas, tant mieux, si tu es bien avec Julie.

– Julia. C'est Julia. Et en plus, c'est pas vrai.

– Quoi ?

– Je suis plus avec elle.

– Ah.

Il y a eu un silence.

– Tu sais que je vois Max ?

– Oui. J'ai appris ça. Et je suis contre. Absolument contre.

– Il t'a fait sa demande en mariage, ou pas encore ?

Elle s'est bloquée quelques instants.

Et puis elle a pris ses affaires, elle s'est levée, et elle est partie.

J'ai vraiment pensé à arrêter, mais j'ai continué à voir Max.

D'ailleurs, désormais, c'était presque toujours lui qui me contactait pour qu'on se retrouve. Un jour, alors qu'on regardait un Top 10 NBA, il m'a dit :

– Bon, elle veut qu'on se voie. Tous les trois. Elle supporte plus d'être à l'écart.

– C'est chelou.

– C'est un cauchemar, tu veux dire.

On a fixé une date, pour dîner ensemble. Dans un japonais du neuvième. Quand je suis arrivé, ça sentait mauvais dans ce resto. L'ambiance était assez merdique. À notre table aussi.

Diane avait le nez plongé dans une soupe miso, et Max n'avait pas l'air très naturel. J'ai compris qu'ils venaient de s'engueuler. Il a dit :

– Désolé, je lui ai dit de t'attendre pour commander.

– Il est en retard.

Elle était d'une humeur massacrante. Alors que c'était elle qui avait voulu que ce repas ait lieu, elle ne jouait pas le jeu. Elle n'y arrivait pas.

À un moment ça m'a saoulé, alors j'ai demandé :

– Tu sais comment j'ai rencontré Diane, Max ?

– Oui, l'herbe, Ashley, tout ça…

– Non, non, la vraie première fois. Elle m'a fait une leçon de morale, devant tous mes potes, à la terrasse d'un café. Elle m'a vu me prendre la tête avec une clocharde, un truc absurde, alors elle m'a donné la leçon, comme à un enfant. Elle te fait souvent la leçon, toi ?

– Ah ah, non, pas trop. Enfin oui, ça arrive, mais bon…

Elle est intervenue.

– Vous pouvez arrêter de parler de moi ? Je suis là, hein. Je peux partir, si vous voulez.

– C'est bon, c'est bon.

Je lui ai envoyé un baiser par-dessus la table et j'ai commandé d'autres California Rolls. J'ai rarement lu aussi distinctement le mépris sur le visage de quelqu'un. Ça lui allait bien.

On a terminé le repas comme on l'avait commencé, entre agressions verbales et mauvais coups. Alors Max et moi, on s'est méthodiquement bourré la gueule au saké, pour faire diversion. À la fin du dîner, le serveur, qui avait une gueule de faux-cul pas croyable, nous a présenté un plateau de métal brillant, sur lequel était disposé un étui de cuir brun, dans lequel avait été soigneusement glissée l'addition. Je me suis emparé du bordel, et j'ai payé.

Au moment de monter dans le taxi, Max m'a dit :

– Merci pour le dîner.

– C'était dégueu.

– Et c'était pas du tout une bonne idée.

– Tu veux pas aller faire un tour ?

Il a hésité, mais pas si longtemps.

Il a rapidement parlé à Diane, qui l'attendait excédée à l'arrière du taxi. Puis il a claqué la portière, et s'est tourné vers moi avec un grand sourire de vainqueur.

– Allez, c'est parti.

Yes man.

Quand j'ai regardé Diane s'éloigner dans son G7, je n'ai pas pu m'empêcher de penser à moi quelques semaines plus tôt, quand je la quittais comme un miskin. Je ne peux pas dire que ça m'a fait vraiment plaisir, ni que ça m'a fait mal, mais j'ai quand même constaté une vraie évolution.

Parce qu'on y était.

Certaines choses très bizarres étaient désormais « officialisées ».

Je traînais avec Max, c'était comme ça.

Incroyable.

Un jour, Max a voulu, pour une fois, s'occuper de moi.

En gros, il voulait que j'attrape une de ses collègues de bureau, une jeune avocate répondant à l'assez banal prénom de Céline.

Je ne sais pas exactement pourquoi il s'était mis ça en tête, bien que j'aie ma petite idée, mais il affirmait être persuadé que ça pourrait coller entre nous.

Il m'a décrit Céline comme belle, blonde, gaulée, drôle et sympa. Et visiblement, d'après ses dires, très en demande de sexe.

– Je lui ai parlé de toi. Elle veut vraiment te rencontrer.

– Mais tu lui as dit quoi ? Que je foutais rien de mes journées et que je me la collais tous les soirs ? La meuf est avocate, ça doit la faire rêver…

– On s'en fout de ça. Demain on va dîner tous les quatre dans un vrai bon resto. Je réserve. Et on partage.

On a décidé d'aller à L'Épicure, le resto du Bristol. Dîner dans un endroit pareil, quelques mois auparavant, m'aurait semblé inconcevable, mais là, ça ne me faisait rien de spécial. J'étais juste un peu nerveux à cause de Céline. Personne n'aime les plans arrangés, c'est toujours stressant. Alors je les ai attendus au bar de l'hôtel, où j'ai bu deux whiskys à dix-huit euros pièce.

Diane et Max sont arrivés. Comme on ne dîne pas dans ce type d'établissement en sweat à capuche, je m'étais exceptionnellement fendu d'une veste et d'une chemise. Diane a commencé à me faire des compliments, à me dire que j'étais chic, et tout ça. Mais j'ai fait semblant de ne pas y prêter attention. J'étais assez impatient de voir à quoi ressemblait cette avocate sexy. Je l'imaginais comme la méchante dans *Ally McBeal*, classe et bandante.

Je n'ai pas été déçu. C'était exactement ça. Elle avait un corps de ouf, un beau visage, et de beaux cheveux blonds.

Tellement cheap par rapport à Diane...

– Salut, je suis Théo.

– Salut. Je suis Céline.

– Max tenait absolument à ce qu'on se rencontre. Je trouvais ça bizarre, mais maintenant que je te vois, je m'en fous que ce soit bizarre, en fait.

– C'est un compliment, ça ?

– Oui.

– Max t'aime beaucoup, en tout cas.

– Moi aussi je l'aime bien. Il est un peu chiant, mais il est sympa.

Max a ri un peu trop bruyamment. Puis Céline a enfin salué Diane, qui semblait passablement exaspérée.

Pendant tout le dîner, je me suis livré à une drague assez lourde à destination de l'avocate, juste pour la faire chier.

Céline était réceptive, Max se marrait, on buvait du bon vin, c'était plutôt bien.

Mais, tout d'un coup, Diane a lancé :

– Tu sais, Céline, tu devrais te méfier de ces mecs.

– Ah bon ? Pourquoi ?

– Bah, ils sont un peu comme les melons, tu sais, les fruits. Souvent, ils sont beaux à l'extérieur, et en fait, ils sont pourris à l'intérieur.

Ça a jeté un vrai froid, cette petite métaphore.

– Qu'est-ce qui t'arrive ? T'es folle ou quoi ? a demandé Max.

– Ouais, ça doit être ça, je suis folle.

Diane s'est levée, et est partie à toute vitesse, presque en courant.

Max a semblé vraiment perturbé. Il a dit :

– Je sais pas ce qui se passe.

– Tu vas pas la chercher ?

– Euh… si, si.

Il est revenu assez vite.

– Je suis désolé. Elle ne se sent pas bien. Elle préfère rentrer.

J'ai eu envie de partir aussi. De lui courir après. Mais je n'ai rien fait.

On a fini de dîner, et puis on est allés au Pompon, rue des Petites-Écuries. Céline aurait bien voulu que je l'attaque un peu plus, je crois, mais je n'étais pas trop chaud. Pourtant, j'étais bien éclaté, mais je pensais trop à Diane. Quand on est sortis du bar, à 2 heures, les deux voulaient absolument continuer à faire la teuf, mais je suis rentré.

Le lendemain, Diane m'a appelé. Pour qu'on se voie. Je lui ai donné rendez-vous au Reinitas rue du Temple, et je l'ai attendue au comptoir en lisant *L'Équipe*.

Elle n'avait pas l'air bien, quand elle est arrivée.

– T'es content ?

– Oui, regarde, le PSG a gagné.

– Max est encore en train de dormir. Il n'a même pas été bosser.

– Je m'en doutais. On a un peu chargé la mule hier.

– Pourquoi tu fais ça, Théo ?

– J'ai rien fait, moi. C'est lui qui voulait sortir.

Elle a baissé la tête, et elle s'est légèrement retournée. J'ai compris qu'elle pleurait. En constatant ça, j'ai eu instantanément envie de pleurer aussi. Quand elle a relevé la tête, ses yeux gris-vert étaient devenus très rouges.

Elle a dit :

– Vous êtes pareils.

– Quoi ?

– Vous êtes pareils. Vous êtes différents, mais vous êtes pareils. Je l'ai su dès la première fois que je t'ai vu.

– C'est-à-dire ?

– Il faut que je te pose une question.

– Je t'écoute.

– Est-ce que Max m'a déjà trompée ?

Putain.

C'était la question à un million de dollars. J'ai réfléchi, longtemps.

Pourquoi avais-je fait tout ça, finalement ? Pourquoi étais-je rentré dans ce processus malsain et contre-nature avec Max ? Pour ça.

Pour avoir l'opportunité de tout faire péter là-dedans.

Fallait-il dire la vérité, ou mentir ? Aller au bout de ma démarche, et agir comme l'enculé que je n'avais jamais cessé d'être, ou enfin me résigner à les laisser tranquilles, tous les deux, dans leur jolie vie ?

Il faut agir, m'avait dit le célèbre Saka Touré.

J'avais agi, et j'étais sur le point de gagner. Mais Max ?

On s'en branle de lui. Vas-y.

J'ai pris mon air le plus contrit et j'ai murmuré :

– Oui. C'est arrivé.

Elle a eu le regard le plus terrible que j'aie jamais vu. On pouvait y lire de la terreur, de la rage, de la peine, tout ça mélangé. C'était l'ouragan Sandy dans sa tête, je pouvais le sentir presque physiquement. Elle a respiré un grand coup et elle m'a dit :

– Emmène-moi chez toi. Maintenant.

On s'est allongés sur mon lit.

Il m'a semblé qu'on y était arrivés en un éclair, depuis le bistro. Sans se dire un mot, juste en se tenant par la main. Comme si on s'était téléportés.

J'ai enlevé ses chaussures et son jean.

Ses jambes étaient magnifiques, et elle avait une petite culotte blanche, en coton, toute simple.

Ça y est.

J'ai enlevé ma chemise et je me suis approché d'elle.

Je l'ai embrassée. Longtemps. J'avais rêvé de ce moment tellement de fois. Et c'était encore bien mieux que dans mes rêves.

C'était parfait, évident, délicieux. Ça m'a bouleversé. J'étais comme en transe.

On s'est embrassés pendant de longues minutes, et puis elle a enlevé son haut et son soutien-gorge. Je sentais sa peau contre mon torse, et c'était la sensation la plus douce et la plus apaisante que j'aie jamais ressentie. Elle me serrait dans ses bras avec force, et je crois qu'elle pleurait encore un peu.

Je suis descendu, j'ai enlevé sa culotte, et j'ai commencé à la lécher.

Elle s'est mise à gémir. Et au bout d'un assez court moment, avec ma langue et mes doigts, je l'ai fait jouir. Son corps s'est tendu, ses mains ont serré les draps, et elle a crié.

Et puis elle s'est relâchée.

Elle m'a attrapé la nuque et m'a fait remonter jusqu'à elle pour m'embrasser à nouveau. Mais pas de la même façon. Elle me mangeait la bouche, m'agrippait les cheveux et me griffait le dos, en respirant fort. Elle a commencé à défaire la boucle de ma ceinture. Alors je me suis mis à genoux, et elle s'est mise face à moi.

Elle a descendu mon jean et mon caleçon.

Elle m'a sucé.

C'était fou.

La sensation, mais surtout l'image.

La voir elle, Diane, en train de me faire ça, c'était au-delà du réel.

Je suis en train de rêver. Je vais me réveiller.

Et puis toujours à quatre pattes, elle s'est tournée, et elle m'a dit.

– Baise-moi, Théo. Baise-moi.

« Comme une chienne en chaleur ». Saka Touré.

Diane me présentait donc son cul, pour que je la prenne. C'était une scène très inédite et pour le moins troublante, je dois l'avouer. Je ne me suis même pas posé la question de mettre une capote. C'était hors de question. Je me suis approché pour la pénétrer.

Et puis ma tête s'est mise à tourner. Très fort.

Un voile noir s'est posé devant mes yeux.

L'espace d'un instant, j'ai cru que je faisais une crise cardiaque.

J'ai entendu la voix, assez lointaine, de Diane.

– Ça va ? Théo, ça va ? Théo ?

Je me suis assis sur le bord du lit, et je l'ai regardée.

J'ai commencé à pleurer. Je ne sais pas pourquoi. Mais je ne pouvais plus m'arrêter. Je lui ai dit :

– Rhabille-toi. Et casse-toi.

– Quoi ?

– Vite ! Casse-toi !

Elle a dû sentir dans ma voix qu'il ne fallait pas insister. Elle a ramassé toutes ses affaires, et, sans dire un mot, s'est rhabillée. Je ne la regardais plus, mais je pouvais entendre ses sanglots, qui se mélangeaient aux miens.

Et elle est partie.

Et j'ai continué à pleurer.

J'étais avec Carlos sur le scooter. Il bougeait encore derrière moi, ce casse-couilles.

Il ne me restait plus qu'un dépannage de weed à faire, et on pourrait aller se poser, enfin.

Mais avant ça, j'ai fait un crochet par la rue de Bretagne. Et au croisement avec la rue de Turenne, pendant que je me garais, une voix éraillée m'a interpellé :

– Hé, monsieur, t'aurais pas une petite pièce ?

J'ai sorti une enveloppe de mon blouson. Une enveloppe qui contenait pas loin de quarante mille euros en liquide. Et je l'ai donnée à la clocharde.

On est rentrés à l'appart. Et pendant qu'on jouait à GTA V avec Elias, j'ai reçu un texto.

De Max.

« Elle a dit oui. Trop heureux ! »

Alors Carlos a râlé :

– Bon t'es relou, là ! On joue ou quoi ?

J'ai éteint mon téléphone, j'ai bu une gorgée d'Oasis tropical, et j'ai dit :

– Ouais, on joue.

RÉALISATION : NORD COMPO À VILLENEUVE-D'ASCQ
IMPRESSION : CPI BRODARD ET TAUPIN À LA FLÈCHE
DÉPÔT LÉGAL : MAI 2014. N° 116250 (3004392)
IMPRIMÉ EN FRANCE

Éditions Points

DERNIERS TITRES PARUS

P3191. Vous êtes riche sans le savoir
Philippe Colin-Olivier et Laurence Mouillefarine
P3192. La Mort suspendue, *Joe Simpson*
P3193. Portrait de l'aventurier, *Roger Stéphane*
P3194. La Singulière Tristesse du gâteau au citron, *Aimee Bender*
P3195. La Piste mongole, *Christian Garcin*
P3196. Régime sec, *Dan Fante*
P3197. Bons baisers de la grosse barmaid.
Poèmes d'extase et d'alcool, *Dan Fante*
P3198. Karoo, *Steve Tesich*
P3199. Une faiblesse de Carlotta Delmont, *Fanny Chiarello*
P3200. La Guerre des saints, *Michela Murgia*
P3201. DRH, le livre noir, *Jean-François Amadieu*
P3202. L'homme à quel prix ?, *Cardinal Roger Etchegaray*
P3203. Lumières de Pointe-Noire, *Alain Mabanckou*
P3204. Ciel mon moujik ! Et si vous parliez russe sans le savoir ?
Sylvain Tesson
P3205. Les mots ont un sexe. Pourquoi « marmotte »
n'est pas le féminin de « marmot »,
et autres curiosités de genre, *Marina Yaguello*
P3206. L'Intégrale des haïkus, *Bashō*
P3207. Le Droit de savoir, *Edwy Plenel*
P3208. Jungle Blues, *Roméo Langlois*
P3209. Exercice d'abandon, *Catherine Guillebaud*
P3210. Le Roman de Bergen. 1999 Le crépuscule – tome V
Gunnar Staalesen
P3211. Le Roman de Bergen. 1999 Le crépuscule – tome VI
Gunnar Staalesen
P3212. Amie de ma jeunesse, *Alice Munro*
P3213. Le Roman du mariage, *Jeffrey Eugenides*
P3214. Les baleines se baignent nues, *Eric Gethers*
P3215. Shakespeare n'a jamais fait ça, *Charles Bukowski*

P3216. Ces femmes qui ont réveillé la France
Valérie Bochenek, Jean-Louis Debré
P3217. Poèmes humains, *César Vallejo*
P3218. Mantra, *Rodrigo Fresán*
P3219. Guerre sale, *Dominique Sylvain*
P3220. Arab Jazz, *Karim Miske*
P3221. Du son sur les murs, *Frantz Delplanque*
P3222. 400 coups de ciseaux et autres histoires, *Thierry Jonquet*
P3223. Brèves de noir
P3224. Les Eaux tumultueuses, *Aharon Appelfeld*
P3225. Le Grand Chambard, *Mo Yan*
P3226. L'Envers du monde, *Thomas B. Reverdy*
P3227. Comment je me suis séparée de ma fille
et de mon quasi-fils, *Lydia Flem*
P3228. Avant la fin du monde, *Boris Akounine*
P3229. Au fond de ton cœur, *Torsten Pettersson*
P3230. Je vais passer pour un vieux con. Et autres petites phrases
qui en disent long, *Philippe Delerm*
P3231. Chienne de langue française ! Répertoire tendrement
agacé des bizarreries du français, *Fabian Bouleau*
P3232. 24 jours, *Ruth Halimi et Émilie Frèche*
P3233. Aventures en Guyane. Journal d'un explorateur disparu
Raymond Maufrais
P3234. Une belle saloperie, *Robert Littell*
P3235. Fin de course, *C.J. Box*
P3236. Corbeaux. La trilogie du Minnesota, vol. 3
Vidar Sundstøl
P3237. Le Temps, le temps, *Martin Suter*
P3238. Nouvelles du New Yorker, *Ann Beattie*
P3239. L'Embellie, *Audur Ava Ólafsdóttir*
P3240. Boy, *Takeshi Kitano*
P3241. L'Enfance des criminels, *Agnès Grossmann*
P3242. Police scientifique : la révolution. Les vrais experts
parlent, *Jacques Pradel*
P3243. Femmes serials killers. Pourquoi les femmes tuent ?,
Peter Vronsky
P3244. L'Histoire interdite. Révélations sur l'Histoire de France,
Franck Ferrand
P3245. De l'art de mal s'habiller sans le savoir
Marc Beaugé (illustrations de Bob London)
P3246. Un homme loyal, *Glenn Taylor*
P3247. Rouge de Paris, *Jean-Paul Desprat*
P3248. Parmi les disparus, *Dan Chaon*
P3249. Le Mystérieux Mr Kidder, *Joyce Carol Oates*
P3250. Poèmes de poilus. Anthologie de poèmes français,
anglais, allemands, italiens, russes (1914-1918)